GIFT FOR:

GWEN

FROM:

Aunt Sarah, Uncle Will, Amelia and Luke

This book was written and illustrated by a mom in one of my new mom groups! I love that it's all about using technology to feel close to far away loved ones. I'm so glad you and your mom call me! Lets video chat soon too!

Happy Birthday beautiful girl. I'll see you soon and we will play outside!

To order additional copies of this book, contact:
Xlibris Corporation
1-888-795-4274
www.Xlibris.com
Orders@Xlibris.com

MOST DAYS I CAN HEAR FAMILIAR VOICES LOUD
AND CLEAR ALL AROUND ME IN THE CAR...
OR FROM THOSE LITTLE BLACK SQUARES THAT
ALWAYS RING.

MUCHOS DÍAS PUEDO OÍR VOCES FAMILIARES
ALREDEDOR DE MI EN EL CARRO...
O DESDE ESAS CAJITAS NEGRAS QUE
SIEMPRE SUENAN.

1

Some days it's my cousin Vittorio in New York, saying: What's up?

Other days it's a bunch of Austin friends, saying: Howdy!

And almost every day it's my uncle in Arizona, saying: Miss you buddy!

You! See you soon... DONDE ESTAS? Hi...¡Hola! miss you. te extraño. Howdy! ya que te quiere! your aunt loves you! ¿Dónde? ¿Qué haces? ¿Cómo estás? What's up? How are you? How are you? What are you doing? Your aunt loves! WHERE ARE YOU? NOS VEMOS PRONTO

Unos días es mi primo Manolo que vive en Barcelona diciendo: ¿Qué tal?

Otros días son un montón de amigos de Panamá diciendo: ¿Qué sopá?

Y casi todos los días, es mi tía en Miami diciendo: te extraño mi rey!

5

BUT I ALWAYS WONDER, "HOW'D THEY GET IN THERE?"

PERO SIEMPRE ME PREGUNTO: ¿CÓMO SE METIERON AHÍ?

MY MOM AND DAD SAY I HAVE LOTS OF
FRIENDS AND FAMILY ALL OVER THE WORLD,
BUT THEY DON'T FEEL **THAT** FAR.

MI MAMA Y MI PAPA DICEN QUE TENGO
FAMILIA Y AMIGOS POR TODO EL MUNDO,
PERO NO SE SIENTEN **TAN** LEJOS.

OFTEN I SEE THEM ON THE DESK IN THE LIVING ROOM SCREEN. SOMETIME:

A MENUDO LOS VEO EN LA PANTALLA ENCIMA DEL ESCRITORIO EN LA SALA

It's my grandparents in Miami making signs and funny faces.

A veces son mis abuelitos en Miami haciéndome señas y muecas.

OTHER TIMES IT'S MY
FRIEND MILES WHO'S
LIVING IN

MALAYSIA

SHOWING ME HIS NEW
BLOCKS.

OTRAS VECES ES MI
AMIGA AUDREY QUE
ESTÁ VIVIENDO EN

ORLANDO

MOSTRÁNDOME SU
MUÑECA NUEVA.

AND SOMETIMES IT'S EVEN MY COUSINS AIDEN AND JULES, WHO LIVE IN **MIAMI BEACH,** WITH ALL THEIR COOL SAND TOYS...

Y A VECES INCLUSO SON MIS PRIMOS SAMUEL Y TOMAS QUE VIVEN EN **COLOMBIA,** CON TODOS SUS CARROS CHÉVERES...

BUT OF COURSE I ALWAYS WONDER:
"HOW'D THEY GET IN THERE?"

PERO POR SUPUESTO SIEMPRE ME
PREGUNTO: ¿CÓMO SE METIERON AHÍ?

MY MOM AND DAD SAY I HAVE LOTS
OF FRIENDS AND FAMILY ALL OVER THE
WORLD, BUT THEY DON'T FEEL THAT FAR.

Mi mama Y mi papa dicen que
tengo familia Y amigos por todo el mundo,
pero no se sienten TAN lejos.

13

I WALK bY THEM EVERY DAY AND SEE THEM ALL AROUND.
THEY SiT VERY STiLL SMiLiNG aT ME.
QUIETLY, WE ALL HANGOUT OUT.
HENRY, ISAAC, CASH, ARCHER, ANDERSON, AND ME,
UNTiL iT'S TiME TO EAT, OR UNTiL I HAVE TO GO TO SLEEP.
DAY OR NIGHT, I ALWAYS KNOW WHERE THEY'LL BE.

11

PASO POR EL LADO DE ELLOS TODOS LOS DÍAS Y
LOS VEO ALREDEDOR MÍO.
SE SIENTAN MUY QUIETICOS SONRIÉNDOME.
CALLADITOS JUGAMOS, LORENA, DYLAN, SIMÓN,
SOFÍA Y YO, HASTA QUE ES HORA DE COMER U
HORA DE DORMIR.
SI QUIERO SALUDARLOS, DÍA Y NOCHE SIEMPRE
SE DÓNDE IR.

BUT I ALWAYS WONDER: "HOW'D THEY GET IN THERE?"

PERO SIEMPRE ME PREGUNTO: ¿CÓMO SE METIERON AHÍ?

MY MOM AND DAD SAY I HAVE LOTS OF FRIENDS AND FAMILY ALL OVER THE WORLD, BUT THEY DON'T FEEL **THAT** FAR.

MI MAMA Y MI PAPA DICEN QUE TENGO FAMILIA Y AMIGOS POR TODO EL MUNDO, PERO NO SE SIENTEN **TAN** LEJOS.

Sometimes we take field trips to their homes. Some friends like Alexander, Madeline, and Ally live on our same floor...

A veces voy a visitarlos a sus casas. Unos amigos como Lucas, Isabela y Mía, viven en nuestro mismo piso...

BUT OTHER SPECIAL PEOPLE LIKE MY COUSIN CHRISTINA, ALL MY GRANDPARENTS, AND LOTS OF OTHER FRIENDS LIVE IN A BIG HOUSE CALLED: LAX AIRPORT.

PERO OTRAS PERSONAS ESPECIALES COMO MI PRIMA CHRISTINA, TODOS MIS ABUELITOS, Y MUCHOS OTROS AMIGOS VIVEN EN UNA CASA GRANDE QUE SE LLAMA: AEOROPUERTO LAX.

SO IF YOUR PARENTS TELL YOU, THAT YOU HAVE FRIENDS AND
BE SURE TO CAREFULLY LOOK AROUND!

ASÍ QUE SI TUS PADRES TE DICEN QUE TIENES AMIGOS Y FAMILIA

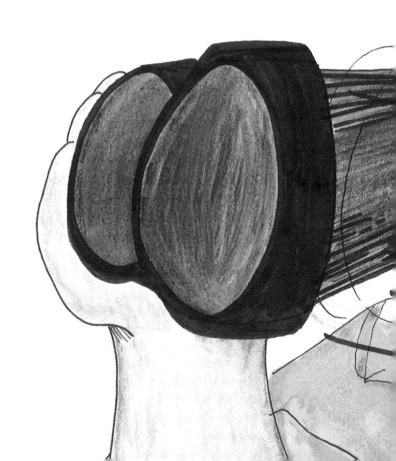

family all over the world, and you think they may be far....

por todo el mundo, y piensas que a lo mejor están lejos...
¡asegúrate de mirar muy bien a tu alrededor!

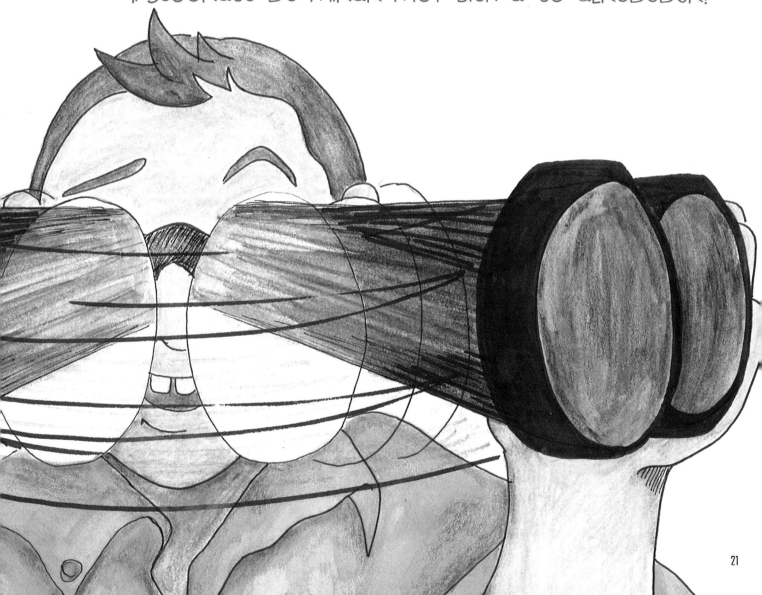

BECAUSE EVEN IF IT'S JUST THEIR VOICES OR SMILING FAMILIAR FACES,

PORQUE AUNQUE SOLO SEAN SUS VOCES, O SUS CARAS SONRIENDO, UN MIEMBRO DE TU FAMILIA EN LA PARED DE TU CUARTO, O UN AMIGO VIVIENDO EN UN LUGAR CERCANO...

a quiet family member on your bedroom wall, or a friend living in a nearby place...

OUR FAMILY AND FRIENDS ARE
NEVER EVER
THAT FAR! WE ALWAYS KEEP THEM CLOSE, IN A
VERY SPECIAL PLACE.
AND WE DON'T KNOW WHEN OR HOW THEY GOT IN THERE!

¡NUESTRA FAMILIA Y NUESTROS AMIGOS
NUNCA JAMAS
ESTÁN TAN LEJOS! SIEMPRE LOS LLEVAMOS CERCA, EN UN
LUGAR MUY ESPECIAL.
¡Y NO SABEMOS NI CUÁNDO NI CÓMO SE METIERON AHÍ!